esparaleer

intermedioB

El clavo

Pedro Antonio de Alarcón

Clásico adaptado

intermedio **B**

El clavo

Pedro Antonio de Alarcón

Clásico adaptado

Adaptación de los textos
José María Aranda

Explotación didáctica
Manuela Jimenez

Realización:
Espasa Calpe S. A.

Dirección editorial
Marisol Palés

Coordinación editorial
Alegría Gallardo

Edición
Ana Prado

Desarrollo de Proyecto:
Mizar Multimedia, S. A.

Dirección académica
José Manuel Pérez Tornero
(Universidad Autónoma de Barcelona)

Dirección de planificación y coordinación
Roberto Igarza

Dirección de contenidos
Jose M.ª Perceval

Coordinación general
Santiago Tejedor

Supervisión lingüística
Pilar Sanagustín

Adaptación de texto
José María Aranda

Explotación didáctica
Manuela Jiménez

Maquetación
Toya Huércanos

Ilustraciones de interior y de cubierta
Pablo Torrecilla

Diseño de portada
Tasmanias, S. A.

© De esta edición: Espasa Calpe, S. A.
ISBN: 84-670-9072-3
Depósito Legal: M. 7841-2003
Impreso en España / Printed in Spain
Impresión: Fernández Ciudad, S. L.

EDITORIAL ESPASA CALPE, S. A.
Complejo Ática, Edificio 4
Vía de las Dos Castillas, 33
28224 Pozuelo de Alarcón
Madrid

Reservados todos los derechos. No se permite reproducir, almacenar en sistemas de recuperación de la información ni transmitir alguna parte de esta publicación, cualquiera que sea el medio empleado –electrónico, mecánico, fotocopia, grabación, etc.–, sin el permiso de los titulares de los derechos de la propiedad intelectual.

Presentación 7

Ficha de lectura 11
    El autor: Pedro Antonio de Alarcón . 11
    El clavo 12

EL CLAVO
de Pedro Antonio de Alarcón 13

Parte 1: La bella y misteriosa desconocida 13
    Ejercicios 29

Parte 2: El espantoso crimen 32
    Ejercicios 46

Parte 3: Juicio y sentencia 49
    Ejercicios 61

SOLUCIONES 64

Presentación

La lectura extiende nuestra memoria, nuestra imaginación y nuestra inteligencia; también es la mejor forma de practicar y ampliar los conocimientos que ya se tienen de una lengua.

La colección **Es para leer**, dirigida a estudiantes de español como lengua extranjera, ha sido concebida como instrumento de aprendizaje, pero también como fuente de disfrute. El texto de ficción que ofrecemos aquí, El clavo, es un relato policiaco en el que la intriga se mezcla con aspectos románticos como la pasión amorosa, la muerte y el destino. Se trata de una apasionante aventura a la que se añaden ejercicios de comprensión lectora, de análisis gramatical y de vocabulario, que permitirán al estudiante mejorar y poner en práctica su español.

La dimensión lingüística

La colección **Es para leer** ofrece al estudiante de español lecturas graduadas en seis niveles de dificultad, diseñadas para adecuarse a los diferentes estadios de aprendizaje de la lengua.

La nivelación de la colección se ha establecido a partir de la programación de contenidos lingüísticos del curso *Es español*, de Es Espasa, basado a su vez en el Plan curricular del Instituto Cervantes:

ES ESPAÑOL	Contenidos lingüísticos	ES PARA LEER
inicial	lecciones 1-6	inicial A
	lecciones 7-12	inicial B
intermedio	lecciones 1-6	intermedio A
	lecciones 7-12	intermedio B
avanzado	lecciones 1-6	avanzado A
	lecciones 7-12	avanzado B

La adecuación lingüística de los textos a cada nivel de la colección se ha realizado desde un triple criterio: léxico, gramatical y funcional, y tomando como referencia la programación de contenidos antes mencionada. Estos criterios de adecuación aplicados a los textos han guiado, asimismo, tanto la selección y redacción de las notas explicativas que los acompañan como el diseño de ejercicios y actividades que complementan cada título.

El clavo es una obra concebida para el nivel *INTERMEDIO B* de esta colección, que quedaría definido a través de los siguientes parámetros lingüísticos:

Base gramatical

Formas y usos del futuro imperfecto; perífrasis verbales frecuentes; indicadores de localización espacial o de duración; oraciones temporales en indicativo y subjuntivo; correlación de tiempos en estilo indirecto; presencia y ausencia del artículo; opiniones en indicativo y subjuntivo; subordinadas adjetivas en indicativo.

Base funcional

Usar expresiones características de las relaciones sociales; invitar y responder a la invitación; concertar citas; intervenir en conversaciones telefónicas; hablar de planes para el futuro; expresar probabilidad; hacer hipótesis y predicciones; preguntar por la salud o el estado de ánimo; expresar temor, preocupación, alegría, sorpresa y pena; utilizar frases que expresan finalidad; transmitir las palabras de otros; introducir un tema u opinión; organizar las partes de un discurso; indicar acuerdo y desacuerdo; expresar condiciones, disculpas y decepción; expresar juicios y valoraciones, sentimientos y preferencias, y mostrarse a favor o en contra de una propuesta o idea.

Base léxica

De 1.100 a 1.600 palabras, propias de los campos semánticos correspondientes a las funciones comunicativas del nivel.

En la adecuación lingüística del texto a este nivel, y en lo que a estructuras gramaticales se refiere, se ha procurado mantener el orden lineal de la frase (Sujeto ⇨ Verbo ⇨ Objeto), aunque también se han recogido con naturalidad los casos de anteposición o dislocación enfática, de puesta de relieve de elementos de diferentes funciones circunstanciales o, en las oraciones compuestas, de alguna proposición subordinada.

Las notas

Todos los títulos de **Es para leer** ofrecen al estudiante la oportunidad de poner en práctica su nivel de español, pero también de ampliarlo y enriquecerlo a través de nuevas referencias léxicas, gramaticales, culturales y de uso, que se ofrecen destacadas en negrita a lo largo del texto y se explican puntualmente en forma de notas a pie de página. En la redacción de las notas se han aplicado los mismos criterios de gradación que para el texto.

Son particularmente objeto de este sistema de notas a pie de página: las expresiones o modismos; las frases hechas o construcciones fijas, tanto las preposicionales como las usadas en acepciones funcionales —culturales o sociales muy específicas o ceñidas al texto—, y algunas estructuras gramaticales relevantes o complementarias para el nivel. En algunos casos también se han incluido notas sobre uso gramatical, sobre pronunciación, sobre ortografía y sobre referencias culturales y geográficas.

Pese a que el sistema de notas es muy completo, recordamos al lector que el diccionario es un gran aliado para el aprendizaje de una lengua y recomendamos que acuda a sus páginas siempre que lo necesite.

El presente título, *El clavo,* de Pedro Antonio de Alarcón, incorpora a la base lingüística del nivel 107 referencias léxicas nuevas, entre palabras y expresiones, como por ejemplo:

> «**Inocente:** Se dice de la persona que está libre de culpa, es decir, que no ha hecho nada en contra de la ley. Lo contrario de *inocente* es *culpable*».

También se añaden 9 referencias culturales y contextuales, como por ejemplo:

> «**Sólo Dios sabe:** Expresión coloquial que tiene su origen en la religión católica, con la que se intensifica lo que se dice».

Y, finalmente, 30 referencias gramaticales y de uso, como por ejemplo:

> «**Seguía triste:** Construcción verbal formada por *seguir* + adjetivo. Se utiliza para indicar la continuidad de un estado físico o mental. Por ejemplo: *Mi amigo sigue enfermo; no sabemos cuándo saldrá del hospital*».

Los ejercicios

Con el objeto de rentabilizar al máximo la lectura se ofrecen varios ejercicios de comprensión lectora, de gramática y de vocabulario, con el fin de practicar los contenidos lingüísticos que se tratan a lo largo del texto. Son ejercicios ordenados temáticamente y permiten repasar estructuras y elementos propios del nivel.

Los ejercicios propuestos son asequibles y variados, y su realización no ocupa mucho tiempo, de quince a veinte minutos. Para resolverlos se recomienda leer con atención los enunciados y responder a cada unas de las actividades propuestas. Si a pesar de todo persisten las dudas, el apartado final del libro ofrece las soluciones de las actividades. Éstas son de gran utilidad tanto para comprobar las respuestas acertadas como para repasar, si fuera necesario, algunos puntos del programa.

Ficha de lectura

El autor: Pedro Antonio de Alarcón

El novelista español Pedro Antonio de Alarcón nació en Guadix (Granada) en 1833 y murió en Madrid en 1891. Estudió Derecho, aunque tuvo que abandonar la carrera a causa de las dificultades económicas de su familia. Precisamente su familia lo obligó a seguir la carrera eclesiástica, pero también la abandonó para dedicarse al periodismo y a la literatura en Madrid.

En Madrid vivió un periodo marcado por la bohemia y el radicalismo político. Dirigió el periódico madrileño *El eco de Occidente* y la revista satírica y anticlerical *El látigo*. Su carrera periodística le dio fama y lo convirtió en uno de los escritores más influyentes de la sociedad de su época, sobre todo tras la publicación de sus crónicas periodísticas de la guerra de Marruecos, *Diario de un testigo de la guerra de África* (1860).

Sus ideas políticas fueron en su juventud progresistas y críticas con la monarquía, pero derivaron a lo largo de los años hacia posturas conservadoras. Fue ministro y consejero de Alfonso XII en 1875, y diputado del partido liberal centrista.

La obra literaria de Alarcón está a medio camino entre el Prerrealismo y el Realismo, aunque en ella se aprecia también una fuerte influencia del Romanticismo. Entre su producción novelística destaca *El sombrero de tres picos* (1874), ambientada a principios del siglo XIX. En ella se narra, en clave de humor, cómo un noble intenta seducir a la esposa de un molinero, y la venganza de este último haciendo lo mismo con la esposa del noble.

Sus cuentos están agrupados en tres series: *Cuentos amatorios* (1881), *Historietas nacionales* (1881) y *Narraciones inverosímiles* (1882). Entre ellos destacan *El carbonero alcalde,* de tema histórico y ambientado en la guerra de la Independencia; *El amigo de la muerte* y *La mujer alta,* en los que se mezclan la fantasía y el terror; y *El clavo,* claro precursor de la narrativa policiaca española.

El clavo

El género policiaco nace en 1841 de la mano de Edgar Allan Poe, aunque a lo largo del siglo XX alcanza su apogeo y se convierte en un género tremendamente popular.

El clavo, publicado por Alarcón en 1854, está considerado como el primer relato policiaco español. En él aparecen los elementos básicos del nuevo género: la historia se centra en el proceso de una investigación, la intriga y el suspense son muy importantes en la estructura de la novela, y los protagonistas principales parecen tener un destino fatal. El autor partió de un hecho real sucedido en Francia. El escritor Hyppolyte Lucas ya había hecho un cuento con esta historia. Sin embargo, Alarcón no copia el cuento del escritor francés, sólo aprovecha tres ideas: la visita al cementerio, la calavera y el clavo. Con estos elementos, Alarcón escribirá una nueva historia de intriga rodeada de elementos románticos.

PARTE 1

LA BELLA Y MISTERIOSA DESCONOCIDA

CAPÍTULO 1
EL NÚMERO UNO

Subí a la **diligencia**[1] que iba de **Granada**[2] a **Málaga**[3] a las once menos cinco minutos de una noche del otoño de 1844. Era una noche oscura y **tempestuosa**[4].

Tenía el billete número 2 en mi bolsillo y, al sentarme, pensé que **debía saludar**[5] a la per-

---

1 **Diligencia:** Coche de caballos de gran tamaño en el que antiguamente se transportaban viajeros.

2 **Granada:** Ciudad de Andalucía famosa por su arquitectura árabe. Su monumento más importante es el palacio de la Alhambra.

3 **Málaga:** Ciudad de Andalucía que está situada cerca de Granada.

4 **Tempestuoso/-a:** Con tormenta, lluvia y viento fuerte.

5 **Debía saludar:** Construcción verbal formada por *deber* + infinitivo. Expresa obligación. Por ejemplo: *Juan está enfermo y debo llamar a su casa para preguntar por su salud.*

sona que tenía el número 1. Tengo que decir que en el tercer asiento de la diligencia no había nadie, pues sabía que sólo éramos dos los viajeros.

—Buenas noches —dije, hablando hacia mi compañero o compañera de viaje.

No me respondió. El interior de la diligencia estaba oscuro.

"**¡Vaya**[6]**!**", pensé. "Será sordo o sorda...".

Repetí, alzando la voz:

—¡Buenas noches!

Silencio.

"**¿Será**[7] mudo?", me pregunté.

La diligencia avanzaba arrastrada por diez caballos.

"¿Con quién viajo?", me preguntaba. "¿Con un hombre? ¿Con una mujer? ¿Con una mujer joven o vieja? ¿Quién es la silenciosa persona con el billete número 1? ¿Por qué calla? ¿Por qué no responde a mi saludo? ¿Se habrá dormido? ¿Estará muerto? ¿Será un ladrón?".

Todas estas cosas pensaba, cuando decidí buscar a mi compañero con la mano.

Avancé mi mano y **palpé**[8] a mi alrededor... ¡Nada!

En este momento brilló un relámpago y vi... ¡que iba completamente solo!

Me reí de mí mismo, y precisamente en aquel momento se detuvo la diligencia.

6 **¡Vaya!:** Esta expresión se utiliza para hacer un comentario sobre algo que no gusta, o por el contrario, que gusta o agrada mucho.

7 **Será:** Éste es un ejemplo de tiempo futuro que se utiliza para hacer preguntas que no se saben contestar. Por ejemplo: *¿Qué será mi hijo? Futbolista, arquitecto... ¿Quién sabe?*

8 **Palpar:** Tocar una cosa con las manos para saber qué es. Por ejemplo: *El hombre ciego me palpó la cara para saber cómo era.*

Cuando se abrió la puerta, vi... ¡Me pareció un sueño lo que vi!

Era una hermosa mujer, joven, elegante, pálida, sola, vestida de **luto**[9]... Ella era la viajera con el billete número 1.

Capítulo 2

Mi compañera de viaje

Ayudé a subir a la desconocida. Ella se sentó a mi lado diciéndome: "Gracias... Buenas noches". Sus palabras me **llegaron al corazón**[10].

Luego[11] se cerró la puerta y volvió la oscuridad. Eso significaba... ¡No poder verla!

Pasaron algunos minutos y me atreví a hacerle las primeras preguntas:

—¿Va usted bien?

—Sí, gracias —respondió.

—¿Se dirige usted a Málaga?

—Sí —afirmó.

—¿Viene usted de Granada?

9 **Luto:** Costumbre que consiste en vestir con ropa de color negro durante un periodo de tiempo determinado para mostrar tristeza por la muerte de alguien. Por ejemplo: *María va de luto por la muerte de su abuela.*

10 **Llegar al corazón:** Esta expresión significa 'sentirse emocionado'.

11 **Luego:** Adverbio que se usa para indicar una acción que se realiza después de otra. Por ejemplo: *Fui al museo y luego fui al restaurante.*

—No, señor.
—¡Qué tiempo más malo!, ¿verdad?
—Sí —volvió a contestar.

Mi compañera de viaje tenía pocas ganas de hablar. Así que me puse a pensar. Me preguntaba: "¿Por qué no ha subido en Granada? ¿Por qué va sola? ¿Estará casada? ¿Será viuda? ¿Por qué estará tan triste?".

La desconocida no durmió en toda la noche; lo sé porque yo tampoco pude dormir.

Capítulo 3

Llegada a Málaga

Por fin se hizo de día y vi lo hermosa **que era**[12]. Era tan elegante como una reina. Aunque algo muy triste había en el fondo de su alma.

---

12 **Que era:** Construcción formada por el pronombre relativo *que* + verbo. El pronombre introduce una proposición subordinada y sustituye a una palabra de la proposición principal, para no repetirla. Por ejemplo: *Compro los zapatos que me gustan*.

Cuando nos detuvimos para almorzar, hablamos y ella me hizo algunas preguntas.

Entonces me dije: "Venga, Felipe, habla con ella de amor...". **Empecé a hablar**[13], a decirle cosas bonitas... Pero, al ver su cara, supe que me había equivocado.

—¿La he molestado, señora? —le pregunté.

—Sí —me contestó—. El amor me da miedo. **Quisiera**[14] no gustar a nadie.

—No diga eso, señora —le dije—. **Desde que la conocí**[15], creo que la amo.

—No **puedo amarle**[16] a usted ni a nadie. Ya le he dicho que el amor me asusta —me respondió.

—Pero, ¿por qué, señora?

—Porque mi corazón no quiere, porque no puede, porque no debe... Porque ya amé hasta la locura y fui engañada.

"¡Magnífico **discurso**[17]!", pensé. Yo la deseaba y sentía curiosidad por aquella mujer, pero no estaba enamorado de ella.

13 **Empecé a hablar:** Perífrasis verbal formada por *empezar* + *a* + infinitivo. Señala el comienzo de la acción que se indica en el infinitivo. Por ejemplo: *Cuando llegué a casa, Julio empezó a hacer la cena.*

14 **Quisiera:** El pretérito imperfecto de subjuntivo se usa para indicar un deseo o una acción que es difícil que se cumpla. En el texto, la mujer expresa un deseo.

15 **Desde que la conocí:** Construcción formada por la preposición *desde* + *que* + verbo. Indica el punto de partida de una acción en el tiempo.

16 **Puedo amarle:** Perífrasis verbal formada por *poder* + infinitivo. Se utiliza para expresar la posibilidad o probabilidad de algo suceda o no. Por ejemplo: *Yo puedo comprar las entradas,* significa 'yo tengo la posibilidad de comprar las entradas'.

17 **Discurso:** Exposición hablada de un tema o asunto. Por ejemplo: *El discurso del político duró tres horas.*

Hablamos un poco más hasta llegar a Málaga. Al despedirme de ella, yo le dije mi nombre y la dirección de mi casa en Madrid.

—Felipe —me dijo entonces—, gracias por todo... Yo no le puedo decir mi nombre...

—¿Eso **quiere decir**[18] que no volveremos a vernos nunca? —le pregunté.

—Así es —me contestó ella—. Adiós.

Tiempo después, **volví a encontrarme**[19] con ella. Pero antes voy a explicar lo que pasó en mi siguiente viaje.

Capítulo 4

Viaje a Córdoba

A las dos de la tarde del 1 de noviembre de aquel mismo año, viajé a una ciudad de la provincia de **Córdoba**[20].

Tenía que hacer algunos negocios y pensaba vivir tres o cuatro semanas en la casa del **juez**[21] Joaquín Zar-

18 **Quiere decir:** Expresión verbal que tiene el valor de 'significa'.
19 **Volví a encontrarme:** Se trata de una perífrasis verbal formada por *volver* + *a* + infinitivo. Indica que la acción expresada por el infinitivo se repite; en el texto, 'encontrarse de nuevo, otra vez'.
20 **Córdoba:** Ciudad de Andalucía famosa por su mezquita árabe.
21 **Juez:** Persona cuyo trabajo consiste en determinar si algo está bien o mal hecho según las leyes, y en decidir el castigo que debe cumplir la persona que no respeta esas leyes. Por ejemplo: *El juez envió a la cárcel al ladrón.*

co, **íntimo**[22] amigo mío, al que conocí en la Universidad de Granada cuando **ambos**[23] estudiábamos Derecho. Mi amigo Joaquín y yo **hacía siete años**[24] que no nos habíamos visto.

Al llegar a la ciudad, oí que **las campanas tocaban a muerto**[25]. Aquello no me hizo ninguna gracia.

Mi amigo **fue a recibirme**[26]. Nos saludamos alegremente, aunque yo notaba que mi amigo estaba un poco triste.

—¿Qué te pasa, Joaquín? —le pregunté.

Él **se encogió de hombros**[27] y suspiró...

Cuando dos amigos que se quieren de verdad y vuelven a verse después de mucho tiempo, recuerdan y comparten sus penas.

Yo traté de animarlo y le hablé de cosas sin importancia. Cuando entramos en su elegante casa, le dije:

—¡Vaya, amigo! ¡Vives muy bien! ¡Qué casa tienes! **Seguro que**[28] te has casado...

22 **Íntimo:** Se dice del amigo que es muy querido y con el que se tiene mucha confianza.

23 **Ambos:** Los dos, es decir, el narrador y el juez Joaquín Zarco.

24 **Hacía siete años:** Construcción temporal formada por *hacer* + *[meses, años, semanas, horas...]*, que indica el tiempo que ha transcurrido desde un momento concreto. Por ejemplo: *Hace un mes que no trabajo*.

25 **Las campanas tocaban a muerto:** En la religión católica, las campanas de las iglesias tocan de una forma determinada para anunciar que alguien ha muerto o cuando se celebra el día en que se recuerda a los difuntos, que es el 1 de noviembre.

26 **Fue a recibirme:** Perífrasis verbal formada por *ir* + *a* + infinitivo. Indica el comienzo próximo de la acción expresada por el infinitivo.

27 **Encogerse de hombros:** Se trata de un gesto hecho con los hombros que tiene el significado de que no se sabe algo o de que algo no importa.

28 **Seguro que:** Esta expresión se usa para hacer una afirmación de la que no se tiene ninguna duda.

—No me he casado... —respondió mi amigo el juez con voz nerviosa—. ¡No me he casado, ni me casaré nunca!

—Que no te has casado, lo creo, porque no me has escrito para decírmelo. Pero **eso de que**[29] no te casarás nunca, no me lo creo.

—¡Pues te lo juro! —contestó Joaquín Zarco.

—Amigo mío —le dije—. ¡A ti te ha pasado algo muy **penoso**[30]!

—¿A mí? —dijo aún más nervioso.

—Sí, a ti —le contesté—. ¡Y vas a contármelo! Soy tu amigo y quiero ayudarte.

El juez Zarco me **estrechó las manos**[31] diciendo:

—Sí, sí... ¡Lo sabrás todo, amigo mío! ¡Soy muy desgraciado!

Luego se tranquilizó un poco y añadió:

—Hoy va todo el pueblo a visitar el **cementerio**[32] y yo no puedo faltar. Quiero que vengas conmigo, Felipe. Por el camino te contaré la historia que me hace sentir así. Cuando te la cuente comprobarás que tengo **motivos**[33] para no querer casarme.

Una hora después caminábamos Zarco y yo en dirección al cementerio. Entonces me lo contó todo.

29 **Eso de que:** Expresión que se utiliza para volver a hablar de un tema del que ya se ha hablado anteriormente, pero al que se quiere añadir o comentar alguna información concreta.

30 **Penoso/-a:** Triste, desgraciado.

31 **Estrechar las manos:** Es el gesto que se hace cuando se da la mano a alguien para saludar o para mostrar amistad.

32 **Cementerio:** Lugar en el que se entierra a las personas que han muerto.

33 **Motivo:** Causa o razón de algo. Por ejemplo: *El motivo de mi alegría es el nacimiento de mi hijo.*

Capítulo 5

La historia del juez Zarco

Hace dos años, pasé un par de meses en **Sevilla**[34]. En la **fonda**[35] en que estaba alojado había una joven ele-

34 **Sevilla:** Capital de Andalucía, famosa por la Giralda.
35 **Fonda:** Lugar donde antiguamente se servía comida y se alquilaban habitaciones para pasar la noche.

gante y hermosa. Decían que era viuda, pero nadie sabía de dónde venía ni qué estaba haciendo allí.

Su soledad, su falta de relaciones y su tristeza despertaron mi amor por ella. Era bella, y sabía tocar el piano y cantar.

Sus habitaciones estaban exactamente encima de las mías. Yo la oía tocar el piano y cantar; oía sus pasos y sabía cuándo se iba a dormir... La saludé varias veces en la escalera de la fonda o en alguna tienda. Yo no la perseguía ni la forzaba a hablar, y creo que eso le gustaba.

Quince días después ocurrió la desgracia. Una noche, al volver del teatro, subí las escaleras **distraído**[36] y abrí la puerta de su habitación creyendo que era la mía.

La hermosa mujer **estaba leyendo**[37] y se asustó al verme. Yo me puse tan nervioso que no supe ni disculparme. Ella fue muy amable y me pidió que la visitara otro día. Se ofreció a cantar para mí.

Pasaron tres días, y yo cada vez estaba más enamorado de aquella mujer. Después de aquellos tres días, fui a visitarla.

Pasé con ella toda la **velada**[38]. La joven me dijo que se llamaba Blanca, que era madrileña y viuda. Tocó el piano, cantó para mí y me hizo **mil preguntas**[39]: sobre mi profesión, sobre mi familia... Todas sus palabras me

36 **Distraído/-a:** Que no presta atención a lo que hay a su alrededor.
37 **Estaba leyendo:** Perífrasis verbal formada por *estar* + gerundio. Indica una acción en su desarrollo, que aún no ha finalizado.
38 **Velada:** Noche.
39 **Mil preguntas:** En el texto, el numeral *mil* se utiliza con el significado de 'muchas', en una cantidad sin determinar. Por ejemplo: *Hoy he hecho mil cosas.*

gustaron... Desde aquella noche, mi alma fue suya. **A la noche siguiente**[40] volví a visitarla, y a la noche siguiente también. Y después, todas las noches y todos los días.

40 **A la noche siguiente:** Construcción temporal formada por *a* + *[la noche, la mañana, la tarde, el mes...]* + *siguiente*. Indica un periodo de tiempo que ha transcurrido en relación con el momento en el que se habla. Por ejemplo: *Al mes siguiente Mario se fue de vacaciones*, significa que, una vez que pasó un mes, Mario se fue de vacaciones.

—Yo —dijo ella una noche— me casé sin amar a mi marido. Poco tiempo después lo odiaba. Hoy ha muerto. ¡**Sólo Dios sabe**⁴¹ cuánto he sufrido! Yo creo que el amor es el **paraíso**⁴² o es el **infierno**⁴³. Y para mí, hasta ahora, siempre ha sido el infierno.

Aquella noche no dormí. Estuve despierto, pensando en las últimas palabras de Blanca.

Aquella mujer me daba miedo. ¿**Sería**⁴⁴ yo su paraíso y ella mi infierno?

Yo tenía que marcharme y le pedí a Blanca si quería que me quedara.

—¿Por qué me lo pregunta usted? —dijo ella cogiéndome una mano.

—Porque yo la amo... ¿Hago mal en amarla? —le pregunté.

—¡No! —respondió Blanca.

Y sus dos ojos negros se iluminaron.

Me quedé dos meses más en Sevilla. En aquel tiempo lo mío no fue amor, sino locura. Cada día que pasaba, Blanca y yo estábamos más unidos. Aunque también sufríamos, porque sabíamos que un día nos separaríamos.

Blanca me decía:

41 **Sólo Dios sabe:** Expresión coloquial que tiene su origen en la religión católica, con la que se intensifica lo que se dice.

42 **Paraíso:** En la religión católica, se trata del lugar en el que las almas, tras la muerte, viven en paz y tranquilidad.

43 **Infierno:** También en la religión católica, representa el lugar donde las almas, tras la muerte, sufren y son castigadas.

44 **Sería:** Uno de los usos del condicional consiste en la expresión de la posibilidad, la hipótesis o la probabilidad en oraciones interrogativas. Por ejemplo: *¿Estaría Raúl enfadado conmigo después de nuestra discusión?*

—Nunca creí que encontraría a un hombre como tú, Joaquín. Dime que nunca vas a olvidarme.

—**¡Casémonos**[45], Blanca! —respondía yo.

Y Blanca inclinaba la cabeza con **angustia**[46]:

—¡Cuánto me amas! —me decía ella—. Pero no puedo casarme contigo, Joaquín.

Yo se lo pedí mil veces durante aquellos dos meses. Hasta que tuve que marcharme.

—¿Te vas, Joaquín? —gritó ella.

—Tú lo has querido —contesté.

—No. Yo te quiero, Joaquín —me dijo ella.

—Yo también te quiero, Blanca —le dije.

—Abandona tu carrera... Yo soy rica... ¡Viviremos juntos! —exclamó ella.

Le besé la mano y respondí:

—Sólo lo haría si fueras mi esposa.

—Te casarías con... ¿con la madre de tu hijo? —dijo ella.

—¿Estás..., **estás embarazada**[47]? —pregunté.

—Sí. Estoy contenta porque seré madre por primera vez... Pero estoy triste porque el padre de mi hijo me abandona...

—No, Blanca. Cásate conmigo —fue mi única respuesta.

45 **Casémonos:** Se trata del presente de subjuntivo, que en el texto se usa con valor de imperativo. *Casémonos* está formado por el verbo en segunda persona de plural de presente de subjuntivo y el pronombre personal (*casemos* + *nos*). Cuando las formas de imperativo llevan detrás un pronombre, pierden la consonante final al unirse con éste. Por ejemplo: *Calla(d)* + *os* = *callaos*.

46 **Angustia:** Temor, sufrimiento, pena.

47 **Estar embarazada:** Estado físico en el que se encuentra una mujer cuando espera un hijo.

Blanca se quedó **en silencio**[48] durante mucho tiempo. Al fin dijo:

—Quiero ser tu esposa, Joaquín.

—¡Gracias! ¡Gracias, amor mío! —exclamé con alegría.

—Escucha —me dijo después—: no quiero que abandones tu trabajo... Sólo quiero saber cuándo podrás volver a Sevilla.

—**Dentro de**[49] un mes —le dije.

—¡Un mes sin verte! —exclamó Blanca—. Te estaré esperando. Vuelve dentro de un mes y seré tu esposa. Hoy es 15 de abril... ¡Vuelve el 15 de mayo, por favor!

—¡Aquí estaré! —le dije.

—¿Me lo **juras**[50]? —me preguntó.

—Te lo juro.

—¿Me amas, Joaquín?

—Con toda mi alma.

—Vete. ¡Y vuelve, por favor! Adiós...

Me despedí de ella aquel mismo día y me fui hacia mi casa.

48 **En silencio:** Callado, sin decir nada.
49 **Dentro de:** La estructura *dentro de* se usa en el texto con valor temporal para señalar un periodo de tiempo exacto y preciso. Por ejemplo: *Me caso dentro de diez días*.
50 **Jurar:** Asegurar alguien que cumplirá lo que ha dicho.

Al llegar[51], preparé mi casa para recibir a mi futura esposa. Lo arreglé todo rápidamente y en la mitad del tiempo que le prometí a Blanca, en quince días, pude volver a Sevilla.

Tengo que decirte[52], amigo Felipe, que en aquellos quince días no recibí ni una sola carta de Blanca, **a pesar de que**[53] yo le había escrito seis a ella.

Cuando llegué a Sevilla fui inmediatamente a buscarla a la fonda.

Blanca había desaparecido dos días después de mi **partida**[54], sin decirle a nadie dónde iba.

¡Marcharse sin decírmelo! ¡Imagínate cómo me sentí!

No pensé esperar hasta el 15 de mayo, que era el día en que nos teníamos que encontrar. Me sentí engañado, sin esperanza ni ilusión. Pensé que Blanca me había mentido en todo: no me amaba, no esperaba un hijo...

Sólo estuve en Sevilla tres días más, y el 4 de mayo **regresé**[55] a casa. Pensaba que allí, junto a mi familia, podría olvidar a aquella mujer que había sido para mí, primero el paraíso, y luego el infierno.

51 **Al llegar:** Se trata de la estructura *al* + infinitivo, que tiene un valor temporal. Equivale a *cuando*. Por ejemplo: *Al entrar en casa vio la maleta.* = *Cuando entró en casa vio la maleta.*

52 **Tengo que decirte:** Perífrasis verbal formada por *tener* + *que* + infinitivo. Esta construcción sirve para expresar obligación, al igual que *deber* + infinitivo.

53 **A pesar de que:** Esta estructura equivale a *aunque*, es decir, tiene un valor concesivo.

54 **Partida:** Marcha, viaje, salida.

55 **Regresar:** Volver al lugar de donde se ha salido.

Hace pocos meses acepté ser el juez de este pueblo, donde, como has visto, amigo Felipe, no vivo muy contento **que digamos**[56]... **Trato de**[57] olvidar a Blanca, pero no puedo.

¿Te convences ahora, Felipe, de que nunca llegaré a casarme?

56 **Que digamos:** Expresión coloquial que se utiliza para remarcar o reforzar la frase negativa que le precede. Por ejemplo: *No tiene mucho dinero, que digamos*.

57 **Tratar de:** Intentar, procurar.

1 Lee el texto y contesta a las siguientes preguntas:

1 ¿Cómo era la noche en la que el narrador del texto viajó de Granada a Málaga?

2 ¿Por qué no respondía el viajero del billete número 1 cuando se sentó en la diligencia?

3 ¿Cómo era la mujer que viajó con él aquella primera noche?

4 ¿Qué opina del amor la mujer de la diligencia?

5 ¿Quién es Joaquín Zarco?

6 ¿Dónde conoció a Blanca el juez Zarco?

2 Vamos a ver si recuerdas algunos detalles de esta primera parte de *El clavo*. Contesta si son verdaderas (☺) o falsas (☹) estas frases:

1 El juez Zarco se enamoró de Blanca cuando viajaba en una diligencia. ☺ ☹
2 El juez Zarco y su amigo se conocieron en la Universidad de Granada. ☺ ☹
3 Cuando Joaquín Zarco fue a recibir a su amigo, estaba triste. ☺ ☹
4 Antes de marcharse, el juez consiguió casarse con Blanca. ☺ ☹
5 Blanca tuvo un hijo que ahora vive con el juez Zarco. ☺ ☹
6 Blanca se marchó sin decir nada al juez Zarco. ☺ ☹

3 En la columna A tienes los principios de unas frases y en la columna B, sus finales. Únelos adecuadamente para formar enunciados con el mismo sentido que tenían en el texto que acabas de leer.

A	B
1 Subí a la diligencia	a no había nadie.
2 Tenía el billete	b arrastrada por diez caballos.
3 En el tercer asiento	c y palpé a mi alrededor.
4 El interior de la diligencia	d con el billete número 1.
5 La diligencia avanzaba	e que iba a Málaga.
6 Avancé mi mano	f lo que vi.
7 Me pareció un sueño	g estaba oscuro.
8 Ella era la viajera	h número 2 en mi bolsillo.

4 La perífrasis verbal *deber* + infinitivo se utiliza para indicar una obligación. Utilízala en los siguientes enunciados siguiendo el modelo que tienes a continuación:
Ejemplo: *Compro flores.* ⇨ *Debo comprar flores.*

1 Saludas a tus amigos.

2 No llegarás tarde al trabajo.

3 Jugamos al parchís.

4 Encontráis las maletas perdidas.

5 Andrés viaja a Londres.

6 Los niños beberán leche.

5 Busca en el listado del recuadro un sinónimo (palabra que significa lo mismo) para cada una de las siguientes palabras. Si no conoces alguna de ellas, búscala en un diccionario.

> hermosa • pálida • miedo • amar • locura • negocio

1 Querer: _____
2 Bella: _____
3 Temor: _____
4 Empresa: _____
5 Blanca: _____
6 Delirio: _____

6 Busca en el recuadro las palabras que pertenezcan a la misma familia que las que tienes a continuación y escríbelas en el lugar correspondiente. Fíjate en el ejemplo que tienes como modelo.

> campanario • angustioso • tristeza • enamorado
> casadero • campanilla • juzgar • amorío
> entristecer • juzgado • casamiento • angustiado

1 Triste: tristeza
2 Juez: _____
3 Amor: _____
4 Casarse: _____
5 Campana: _____
6 Angustia: _____

PARTE 2

EL ESPANTOSO CRIMEN

CAPÍTULO 6
EL CLAVO

Poco después de que mi amigo Joaquín Zarco me explicara su historia, llegamos al cementerio.

El cementerio **no era más que**[58] un campo solitario, lleno de **cruces**[59] de madera y rodeado por un muro. Allí descansaban, en la tierra fría, pobres y ricos, gente **humilde**[60] y gente importante. La muerte nos iguala a todos.

---

58 No era más que: Construcción verbal formada por *no* + verbo + *más* + *que*. Se utiliza para destacar o subrayar lo que se expresa con el verbo.

59 Cruz: Símbolo de la religión cristiana que se coloca en el lugar donde está enterrada una persona que ha muerto.

60 Humilde: Pobre, que no tiene dinero ni otros bienes.

En los pobres y pequeños cementerios españoles sucede muchas veces que, para enterrar un cuerpo, se tiene que desenterrar otro. Los huesos desenterrados se juntan en un **rincón**[61]. Allí se mezclan los enemigos, los padres y sus hijos, los esposos...

Joaquín y yo estábamos mirando aquellos huesos, cuando mi amigo preguntó sobresaltado:

—¿Qué es esto, Felipe? ¿**No es**[62] un clavo?

Miré y me quedé tan asombrado como mi amigo... Mis ojos estaban viendo una **calavera**[63] atravesada por un clavo de hierro.

"**¿Qué puede significar esto**[64]?", pensé.

—Estamos ante un espantoso crimen —dijo mi amigo el juez—. Es evidente que alguien mató a este desgraciado introduciéndole un clavo en el **cráneo**[65]. Y quiero que se haga justicia. Juro que no descansaré hasta atrapar al autor de este horrible crimen.

61 **Rincón:** Lugar apartado donde se esconde o aparta algo.
62 **¿No es...?:** Esta estructura se utiliza para afirmar con seguridad algo que se dirá a continuación. Es una pregunta con la que se espera una respuesta afirmativa. Por ejemplo: —¿Aquélla no es mi prima Margarita? —Sí, claro que lo es.
63 **Calavera:** Conjunto de huesos que forman la cabeza.
64 **¿Qué puede significar esto?:** En este caso, el presente de indicativo tiene un valor de duda. Equivale a 'no sé qué significa esto'.
65 **Cráneo:** Este sustantivo tiene el mismo significado que *calavera* (ver nota 63).

Capítulo 7

La investigación del crimen

Mi amigo Joaquín Zarco era un juez **modélico**[66]. Inmediatamente **se puso a buscar**[67] a la persona que había introducido el clavo en aquel cráneo. Llamó al **enterrador**[68] y éste se presentó pálido y nervioso.

—¿De quién puede ser esta calavera? —le preguntó el juez.

—¿Dónde la ha encontrado usted? —dijo el enterrador aún más nervioso.

—En este mismo sitio —respondió mi amigo.

—Es de un **cadáver**[69] que desenterré ayer para poder enterrar otro —dijo el enterrador.

—¿Y por qué desenterró usted este cadáver y no otro más antiguo? —preguntó el juez Zarco.

—Porque los antiguos ya los he desenterrado. Este cementerio es muy pequeño, señor juez, y últimamente se muere mucha gente —respondió el enterrador.

—¿Y sabe usted quién era la persona a la que pertenecía este cráneo? —preguntó Zarco.

—Es difícil, señor juez.

66 **Modélico/-a:** Que sirve de ejemplo o modelo a los demás.
67 **Se puso a buscar:** Perífrasis verbal formada por *ponerse* + *a* + infinitivo. Indica el comienzo o inicio de la acción expresada por el infinitivo.
68 **Enterrador:** Persona que se dedica a enterrar los cuerpos de las personas que han muerto. Por ejemplo: *Su abuelo trabajó durante diez años como enterrador en el cementerio de su pueblo.*
69 **Cadáver:** Cuerpo de la persona que ha muerto.

—Tengo que saberlo. Piense usted **despacio**⁷⁰.
—Creo que sé cómo puedo averiguarlo... —dijo el enterrador.
—Diga cómo puede —le animó el juez.
—Quizá en la caja de madera donde estaba enterrado aparezcan el nombre o las **iniciales**⁷¹ del muerto —explicó el enterrador.
—Entonces, traiga usted esa caja —ordenó el juez.

Capítulo 8

El muerto

El enterrador se fue a buscar la caja y mi amigo, el juez Zarco, ordenó a un **alguacil**⁷² que guardara el cráneo atravesado por el clavo.

El enterrador llegó con la caja. En la tapa de la caja se podía leer:

A. G. R.
1843
R. I. P⁷³.

70 **Despacio:** En el texto significa 'con tranquilidad y atención, sin olvidar ningún detalle'.
71 **Iniciales:** Primera letra que forma el nombre de una persona, junto con la primera letra de cada uno de los dos apellidos. Por ejemplo: *Las iniciales de María Pérez López son M. P. L.*
72 **Alguacil:** Persona que se dedica a llevar a cabo las órdenes del juez.
73 **R. I. P.:** Iniciales de las palabras que forman la expresión latina *requiescat in pace* ('descanse en paz'). Suelen aparecer en las tumbas.

—Con esto es suficiente —dijo ilusionado el juez Zarco—. ¡A partir de estos datos lo descubriré todo!

Sin descansar un momento, Joaquín Zarco y yo nos dirigimos a la iglesia más próxima.

Allí, mi amigo el juez le pidió al **cura**[74] el libro en el que aparecían todos los nombres de los muertos de cada año. Miramos el año 1843.

---

[74] **Cura:** Persona encargada de una iglesia católica, de los creyentes y de los actos relacionados con la religión.

Buscamos las iniciales A. G. R. y encontramos lo siguiente:

"El día 4 de mayo de 1843 se celebró el **funeral**[75] de don ALFONSO GUTIÉRREZ DEL ROMERAL, que murió de una **apoplejía**[76] a la edad de treinta y un años. Estuvo casado con doña Gabriela Zahara del Valle. Nació en Madrid y no tenía hijos...".

Mi amigo el juez Zarco pidió una **copia**[77] del documento y regresamos a casa.

Por el camino, me dijo Joaquín:

—Antes de ocho días descubriré qué ha pasado. Ahora sabemos que Alfonso Gutiérrez del Romeral no murió de **muerte natural**[78]. Es decir, tenemos el clavo; ahora sólo me falta encontrar el **martillo**[79].

75 **Funeral:** Conjunto de actos que se realizan cuando se entierra a una persona que ha muerto.
76 **Apoplejía:** Enfermedad en la que el cerebro deja de funcionar a causa de una pérdida de sangre.
77 **Copia:** En el texto, texto escrito que es igual a otro.
78 **Muerte natural:** Muerte que se debe a una causa natural, como las enfermedades. Las muertes no naturales tienen su origen en otras causas, como los accidentes.
79 **Martillo:** Herramienta que tiene un mango de madera y acaba en un extremo de hierro, que sirve para dar golpes. Por ejemplo: *Utilizaré el martillo para poner el clavo en la pared.* En el texto se utiliza en sentido figurado: *encontrar el martillo* significa 'encontrar al asesino'.

Capítulo 9

Declaraciones

El juez Zarco **tomó declaración**[80] a un vecino. Gracias a él supimos que don Alfonso Gutiérrez del Romeral era un joven y rico **propietario**[81] de aquella población. Según el vecino, vivió algunos años en Madrid y volvió al pueblo en 1840, después de casarse con una bella señora llamada Gabriela Zahara.

Este vecino también nos **dijo que**[82] don Alfonso y Gabriela Zahara formaban un matrimonio feliz. Cuatro meses antes de la muerte de don Alfonso, su esposa Gabriela había pasado una **temporada**[83] con su familia de Madrid. La joven esposa regresó tres meses después de su partida. Y ocho días después de su regreso, **ocurrió**[84] la muerte de don Alfonso.

Gabriela no pudo soportar la soledad tras la muerte de su marido, y se marchó para siempre del pueblo diez o doce días después del entierro.

80 **Tomar declaración:** Acto oficial que realiza un juez y que consiste en escribir lo que dicen las personas que pueden dar información sobre un delito; en el texto, un asesinato.
81 **Propietario/-a:** Persona que es dueña de bienes: tierras, edificios o animales.
82 **Dijo que:** Se utilizan los verbos *decir, comentar, aclarar,* etc. + *que,* cuando se utiliza el estilo indirecto, es decir, cuando se reproduce el contenido de una conversación. Por ejemplo: *Pedro me comentó que llegaría la semana que viene.*
83 **Temporada:** Periodo de tiempo formado por un conjunto de días, meses o años.
84 **Ocurrir:** Pasar, suceder, producirse.

Mi amigo el juez también tomó declaración a los **criados**[85]. Éstos le contaron que don Alfonso y doña Gabriela no eran un matrimonio tan feliz. Por eso ella se fue tres meses a Madrid.

Los criados también le contaron que, la noche en que murió don Alfonso, oyeron los gritos de Gabriela. Cuando ellos llegaron a la habitación, la vieron salir pálida y nerviosa. Llorando, Gabriela gritaba: "¡El señor se muere de una apoplejía! ¡Un médico!".

Don Alfonso ya estaba muerto cuando entraron en la habitación los criados. El médico dijo que don Alfonso había muerto de una apoplejía.

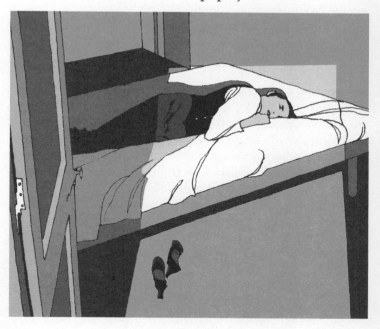

85 **Criado/-a:** Persona que realiza trabajos domésticos a cambio de dinero.

Después de escuchar a los criados, mi amigo el juez fue a ver al médico. Una vez que se reunió con él, el juez Zarco llegó a las siguientes **conclusiones**[86]:

—Alfonso Gutiérrez del Romeral fue asesinado con un clavo. Es imposible que **se suicidara**[87]. Cuando murió, sólo estaba con él su esposa. Así que la asesina fue Gabriela Zahara del Valle, su esposa. Tenemos que encontrar a esa mujer...

Pero pasaron tres meses y mi amigo Joaquín Zarco no había encontrado a Gabriela Zahara.

Capítulo 10

El reencuentro

Yo me fui de casa de mi amigo el juez y pasé el invierno en Granada.

Una noche fui a una fiesta y allí me encontré con... ¡La misteriosa desconocida! ¡La mujer que fue mi compañera de viaje en la diligencia!

Corrí a saludarla y ella me reconoció:

—Hola, señor Felipe.

—Señora —le dije—, he cumplido mi promesa de no buscarla. Pero no sabía que estaba usted aquí, perdóneme...

---

86 **Conclusión:** Idea a la que se llega después de pensar con atención en distintos hechos.
87 **Suicidarse:** Quitarse la vida uno mismo.

Hablamos durante un rato. Era la misma mujer triste que conocí, la mujer que había sido engañada y a la que el amor le daba miedo. Nos despedimos y le pedí su dirección. Ella me la dio, pero no me dijo su nombre.

Cuando ella se fue, le pregunté a un amigo que estaba en la fiesta:

—¿Quién es esa mujer?

—Una americana que se llama Mercedes de Meridanueva —me contestó—. Es todo lo que sé. Creo que es mucho más de lo que nadie sabe de ella.

Al día siguiente fui a visitarla a la fonda donde estaba. Mercedes me trató como a un amigo íntimo; primero me invitó a pasear con ella, y luego a comer.

Hablamos de muchas cosas durante las seis horas que pasamos juntos. Pero, sobre todo, hablamos de amor. Yo le conté la desgraciada historia de mi amigo Joaquín Zarco.

Ella me escuchó con atención y, cuando terminé, me dijo riéndose:

—Señor Felipe, la historia de su amigo le servirá para no enamorarse nunca de mujeres a quienes no conozca...

—No piense, por favor —le respondí—, que me he inventado esta historia para que se enamore usted de mí.

—Yo no me enamoraré de nadie, porque no hablo tres veces con el mismo hombre —me dijo.

—¡Señora! —exclamé—. ¿Eso quiere decir que no la volveré a ver nunca más?

—Eso quiere decir que **mañana me voy**[88] de Granada y que seguramente no volveremos a vernos nunca —respondió ella.

---

88 **Mañana me voy:** Fíjate en que el verbo, aunque está en presente de indicativo, tiene valor de futuro.

—¡Nunca! —exclamé—. Lo mismo me dijo usted en nuestro viaje y, **sin embargo**[89], nos hemos visto de nuevo...

—Sí, pero le repito que ésta es nuestra despedida definitiva...

Mercedes me dio la mano y yo me alejé **conmovido**[90] por las palabras y la tristeza de aquella mujer.

Aquel día pensé que **no iba a verla**[91] nunca más. Pero el **destino**[92] no lo quiso así.

89 **Sin embargo:** Esta construcción se utiliza para oponer dos ideas contrarias. Significa lo mismo que *no obstante*. Por ejemplo: *No tiene dinero; sin embargo, se ha comprado un coche nuevo.*

90 **Conmovido/-a:** Inquieto, con mucha tristeza.

91 **No iba a verla:** En el texto, el verbo *ir* está en pretérito imperfecto de indicativo, pero tiene valor de futuro: el narrador piensa que no verá a Mercedes nunca más.

92 **Destino:** Fuerza que, según creen algunas personas, actúa sobre la vida de los seres humanos determinando sus acciones.

Capítulo 11

El destino

Pocos días después, fui a visitar de nuevo al juez Joaquín Zarco.

Mi amigo **seguía triste**[93] y solo, y se alegró mucho de verme.

Joaquín no había sabido nada más de Blanca, pero tampoco había podido olvidarla... Aquella mujer todavía era su paraíso y su infierno. Y no se equivocaba...

La noche del mismo día de mi llegada, Joaquín y yo también hablamos de don Alfonso Gutiérrez del Romeral, el hombre al que su mujer, Gabriela Zahara, asesinó con un clavo.

Joaquín me estaba contando que aún no habían conseguido encontrar a la asesina, cuando entró un alguacil en la habitación:

—Señor juez —dijo el alguacil—, en la fonda del León hay una mujer que quiere hablar con usted.

—¿Quién es esa mujer? —preguntó el juez Zarco.

—No me ha dicho su nombre —respondió el alguacil.

—¡Vaya! Me da un poco de miedo esta **cita**[94], no sé por qué. **¿Tú qué piensas**[95], Felipe?

---

93 **Seguía triste:** Construcción verbal formada por *seguir* + adjetivo. Se utiliza para indicar la continuidad de un estado físico o mental. Por ejemplo: *Mi amigo sigue enfermo; no sabemos cuándo saldrá del hospital.*

94 **Cita:** Encuentro con una persona a una hora y en un lugar concretos.

95 **¿Tú qué piensas?:** Esta expresión se utiliza para preguntar la opinión a otra persona. Fíjate en que su estructura es: *tú / vosotros* + *que* + *[pensar, opinar, decir...]*.

—Pienso —respondí— que tu deber como juez es **asistir**[96] a esa cita. ¡Piensa que la mujer puede ser Gabriela Zahara!

—Tienes razón —dijo mi amigo Joaquín—. Iré.

Cogió un **par**[97] de **pistolas**[98] y se fue sin dejar que le acompañara.

Capítulo 12

La fuerza del amor

Dos horas después volvió, pálido y nervioso.

Supe que una gran alegría era la causa de su nerviosismo. Zarco me abrazó y exclamó:

—¡Soy **el más feliz de**[99] los hombres, Felipe!

—¿Qué te ha pasado? —pregunté.

—La mujer de la fonda era... ¡Era ella!

—¿Ella? ¿Te refieres a Gabriela Zahara, la mujer que asesinó a su marido?

—¡No! ¡Me refiero a la otra mujer! —dijo sonriendo.

—¿Quién es la otra? —pregunté.

96 **Asistir:** Cuando se habla de un lugar o de un acontecimiento, significa 'ir'. Por ejemplo: *Asistí a un concierto de música*. Si se refiere a una persona, su significado es 'cuidar, atender'. Por ejemplo: *El médico asistió a los enfermos*.

97 **Par:** Dos.

98 **Pistola:** Arma de pequeño tamaño que se dispara con una sola mano.

99 **El más feliz de:** Expresión formada por *el más* + adjetivo + *de*, que sirve para indicar un valor superior en comparación con otro u otros elementos.

—¡Blanca! Mi amor. Mi vida. ¡La madre de mi hijo!
—¿Blanca? —dije—. ¿Pero no decías que te había engañado?
—¡No, Felipe, no! ¡Estaba equivocado!
—Explícate —le dije.
—Escucha: Blanca me ama... Cuando nos separamos Blanca y yo el día 15 de abril, quedamos en reunirnos en Sevilla el 15 de mayo, un mes más tarde. Yo me fui y, pocos días después, ella recibió una carta de su familia diciéndole que tenía que ir a Madrid. Ella estaba en Madrid cuando yo la fui a buscar quince días antes de nuestra cita. Cuando no la encontré creí que me había engañado y no esperé hasta el 15 de mayo. Pero ella volvió a la fonda aquel día y me esperó...
—¡Pobre amigo! —exclamé **medio en broma**[100]—. Bueno, supongo que ahora vas a casarte con ella...
—No te rías de mi, Felipe —dijo Joaquín—. Tú vas a ser mi **padrino**[101].
—**Con mucho gusto**[102]... ¡Ah! ¿Y el niño? ¿Y vuestro hijo?
—Murió —dijo mi amigo con voz triste.
—Lo siento —dije.

---

100 Medio en broma: Expresión coloquial que se usa para indicar que se realiza un comentario gracioso.

101 Padrino: En la religión católica, hombre que acompaña y asiste a otra persona en un acto religioso, como el bautismo o el matrimonio.

102 Con mucho gusto: Expresión de cortesía que se utiliza para mostrar agradecimiento.

1 Vamos a ver si has entendido bien los capítulos de la segunda parte de *El clavo*. ¿Podrías decir si estos enunciados son verdaderos (☺) o falsos (☹)?

1 El juez Zarco vio en el cementerio una mano atravesada por un clavo. ☺ ☹

2 Zarco, después de hallar el cráneo, pensó que se trataba de un horrible crimen. ☺ ☹

3 El enterrador dijo a Zarco que era muy fácil encontrar al autor del crimen. ☺ ☹

4 El cráneo pertenecía a un hombre llamado Antonio Rodríguez del Peral. ☺ ☹

5 Llegan a la conclusión de que la autora del crimen es una mujer llamada doña Gabriela Zahara. ☺ ☹

6 Alfonso Gutiérrez no murió de muerte natural. ☺ ☹

2 Completa ahora estas afirmaciones sobre el crimen:

1 En los documentos de la iglesia se afirma que don Alfonso Gutiérrez del Romeral murió de _____ a la edad de _____ años.

2 Gracias a la declaración de un vecino, el juez Zarco supo que don Alfonso Gutiérrez era un joven y rico _____ de aquella _____.

3 Cuatro meses antes de la muerte de don Alfonso, su _____ _____Gabriela había pasado una _____ con su familia de Madrid.

4 Alfonso Gutiérrez fue _____ con un clavo. Es imposible que se _____.

3 Recuerda la parte del relato en la que el juez Zarco se encuentra de nuevo con Blanca y regresa de su cita pálido y nervioso. Transforma las frases del diálogo que mantiene con su amigo en estilo indirecto. Fíjate en el ejemplo que te damos.

Ejemplo: *Le pregunté: "¿Qué te ha pasado?"*
⇨ *Le pregunté que qué le había pasado.*

1 Me contestó: "¡Soy el más feliz de los hombres!".

2 Le pregunté: "¿Quién era la mujer de la fonda?".

3 Él me dijo: "La mujer de la fonda era..., ¡era ella!".

4 Yo dije: "Te refieres a Gabriela Zahara".

5 Él exclamó: "¡No! ¡Me refiero a Blanca!".

4 Usamos el pronombre relativo para no repetir palabras. Construye oraciones con el pronombre relativo como te mostramos en el ejemplo.

Ejemplo: *Marisa está en su casa. Su casa es azul.*
⇨ *Marisa está en su casa **que** es azul.*

1 Vimos a tu padre. Tu padre trabajaba como jardinero.

2 Carmen usa pantalones. Los pantalones son negros.

3 Los niños juegan a la pelota. La pelota es de Víctor.

4 Mis compañeros cogieron el tren. El tren iba a Bilbao.

5 Ana se ha comprado un vestido. El vestido es muy caro.

5 A continuación tienes varios grupos de palabras que están relacionadas por su significado, pero hay una en cada grupo que no tiene relación con las demás. Localízalas.

1 Humilde, pobre, rico, importante, camiseta.
2 Cráneo, lápiz, hueso, calavera, esqueleto.
3 Amor, triste, alegre, animado, apenado.
4 Sevilla, Córdoba, Francia, Málaga, Granada.

6 Para que te acostumbres a la forma de las definiciones del diccionario de español, busca en el cuadro la palabra que corresponde a las definiciones que siguen.

> cruz • calavera • apoplejía • difunto
> alguacil • funeral

1 Se dice de una persona que ha muerto, que no tiene vida: _____

2 Persona que se dedica a llevar a cabo las órdenes del juez: _____

3 Símbolo de la religión cristiana que se coloca en el lugar donde está enterrada una persona que ha muerto: _____

4 Conjunto de actos que se realizan cuando se entierra a una persona que ha muerto: _____

5 Enfermedad en la que el cerebro deja de funcionar a causa de una pérdida de sangre: _____

6 Conjunto de huesos de la cabeza: _____

PARTE 3

JUICIO[103] Y SENTENCIA

CAPÍTULO 13
EL APRESAMIENTO

De **repente**[104], alguien llamó a la puerta. Eran las dos de la madrugada.

Mi amigo el juez abrió la puerta y un hombre entró rápidamente en la casa. El hombre **tomó aire**[105], porque había llegado corriendo, y dijo:

—¡Lo hemos conseguido, señor juez!

---

103 **Juicio:** Acto por el cual se presentan todas las pruebas y testimonios que acusan a una persona de un delito. En el *juicio* se decide si esa persona debe ser castigada o, por el contrario, queda libre.

104 **De repente:** Construcción adverbial que significa que algo ocurre sin que se espere, sin preparación ni aviso.

105 **Tomar aire:** Respirar con profundidad después de hacer un ejercicio físico intenso.

—Explíquese usted... —le dijo Joaquín Zarco—. ¿Qué ocurre?
—Ocurre que Gabriela Zahara...
—¿Gabriela Zahara? —le interrumpimos Zarco y yo.
—**¡Acaban de detenerla**[106]—exclamó él.
—¡Detenida! ¡Después de tanto buscarla! —dijo mi amigo el juez.
—Sí, señor —dijo el hombre—. La **guardia civil**[107] la ha llevado a la cárcel del pueblo.
—Pues vamos allí —replicó el juez Zarco—. Esta misma noche le tomaremos declaración. Avise también al enterrador, al **fiscal**[108] y al alguacil. Y diga al alguacil que traiga la calavera de don Alfonso Gutiérrez a la sala de la **audiencia**[109]. Estoy seguro de que, al ver la calavera atravesada por el clavo, Gabriela confesará su **crimen**[110]... Y tú, amigo Felipe, ven conmigo.

106 Acaban de detenerla: Perífrasis verbal formada por *acabar* + *de* + infinitivo. Indica que una acción ha sucedido hace muy poco tiempo respecto al momento en el que se habla. Por otra parte, *detener* significa 'encontrar la policía a una persona a la que busca por haber cometido un acto que está en contra de la ley'.
107 Guardia civil: Clase de policía propia de España.
108 Fiscal: Abogado que se encarga de presentar las acusaciones en un juicio.
109 Audiencia: Sala donde se celebran los juicios, en los que intervienen el juez, el fiscal y los abogados.
110 Crimen: Asesinato, acto por el cual se mata a alguien.

Capítulo 14

Trágica coincidencia

En aquel momento yo pensé una cosa horrible. Algo espantoso... Pensé que Gabriela y Blanca podían ser la misma mujer. Entonces le pregunté al hombre:

—¿Dónde estaba Gabriela Zahara cuando la detuvieron?

—En la fonda del León —me respondió.

¡Mi angustia fue **infinita**[111]! Sin embargo, nada podía hacer, nada podía decir... Si no estaba equivocado y Gabriela y Blanca eran la misma persona, ¿qué ganaría mi amigo Joaquín con saberlo? ¿Y si estaba equivocado? Decidí que tenía que callarme y dejar que la justicia hiciera su trabajo.

A las cuatro de la mañana acompañé al juez Zarco a la audiencia. Allí nos esperaban el **comandante**[112] de la guardia civil, el enterrador, el fiscal, el **alcaide**[113] y otras personas que habían ido a ver a la detenida.

El enterrador llevaba una caja negra de madera que contenía la calavera de don Alfonso Gutiérrez del Romeral.

El juez ocupó su sillón, yo me senté a su izquierda y el alcaide y el alguacil se quedaron cerca de la puerta.

Después, el juez le dijo al alcaide:

---

111 **Infinito/-a:** En el texto, este adjetivo se usa en sentido figurado, e indica mucha cantidad.
112 **Comandante:** Jefe de la guardia civil.
113 **Alcaide:** Persona que dirige una cárcel.

—**Que entre**[114] doña Gabriela Zahara.

Yo estaba muy nervioso y, en vez de mirar hacia la puerta, miraba a Zarco. Pronto vi a mi amigo ponerse pálido, llevarse la mano a la boca para no gritar y mirarme a mí como para pedirme socorro...

—¡Calla! —le dije, llevándome un dedo a los labios—. Yo lo sabía...

Mi amigo el juez quiso levantarse, pero yo le dije:

—¡Señor juez! Comience el juicio.

Él entendió que aquél era su **deber**[115] y, con gran esfuerzo, trató de calmarse. Sólo yo sabía cómo estaba sufriendo aquel hombre. Por su cara, parecía que estaba muerto.

Entonces miré a la acusada. Mi sorpresa y mi miedo fueron tan grandes como los del juez... ¡Gabriela Zahara no era solamente la Blanca de mi amigo, el amor que encontró en Sevilla y la mujer con la que acababa de reencontrarse en la fonda del León. También era la mujer misteriosa con la que viajé en la diligencia, la hermosa americana Mercedes de Meridanueva!

Las tres mujeres eran una sola mujer: la mujer acusada de haber asesinado a su marido.

Sólo me quedaba la esperanza de que esta mujer fuera **inocente**[116]. Supongo que mi amigo tenía la misma esperanza.

---

114 **Que entre:** Se utiliza la estructura *que* + presente de subjuntivo para dar órdenes dirigidas a terceras personas. Por ejemplo: *Quiero que los niños se coman todo lo que hay en el plato.*

115 **Deber:** Sustantivo que significa 'obligación'.

116 **Inocente:** Se dice de la persona que está libre de culpa, es decir, que no ha hecho nada en contra de la ley. Lo contrario de *inocente* es *culpable*.

Capítulo 15

El juicio

Gabriela, aquél era su verdadero nombre, estaba muy pálida, pero también muy tranquila.

"¿Su tranquilidad es **señal**[117] de su inocencia?", me preguntaba yo. "¿O está tranquila porque sabe que el juez es el hombre que la ama?".

La acusada sólo había mirado al juez Zarco. Y al verle tan tranquilo debió de sentir miedo, porque entonces miró al **resto**[118] de las personas que nos encontrábamos en la sala.

Cuando me vio a mí, su cara **enrojeció**[119] de **vergüenza**[120]. Pero sólo fue un instante, porque luego volvió a quedarse pálida.

El juez Joaquín Zarco preguntó a su amada, a la que iba a ser su futura esposa:

—¿Cómo se llama usted?

—Gabriela Zahara del Valle de Gutiérrez del Romeral —contestó la acusada.

Zarco tembló ligeramente. ¡Ése era el nombre de la mujer con la que tres horas antes había decidido casarse!

---

117 **Señal:** Prueba, algo que demuestra otra cosa.
118 **Resto:** En un conjunto de cosas o de personas, lo que queda fuera de ese conjunto. En el texto, el *resto* de las personas son todas las que están en la sala, salvo el juez Zarco.
119 **Enrojecer:** Ponerse de color rojo.
120 **Vergüenza:** Sentimiento que modifica o cambia el estado de ánimo de una persona.

El juez le dijo al enterrador:
—Abra la caja, por favor.
El enterrador lo hizo y el juez habló **de nuevo**[121]:
—Señora Gabriela, diga si reconoce lo que hay en el interior de esta caja.

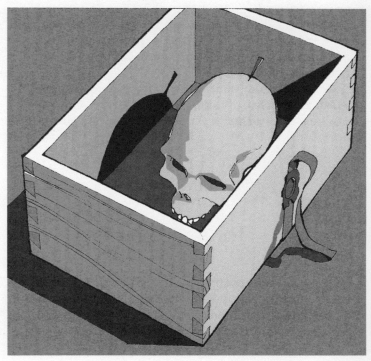

Cuando Gabriela vio la calavera atravesada por un clavo, dio un grito **agudo**[122], mortal. Mientras se llevaba las manos a los cabellos, decía:

---

121 De nuevo: Otra vez.
122 Agudo/-a: Fuerte e intenso.

—¡Alfonso! ¡Alfonso!
—¿Reconoce usted el clavo que mató a su marido? —le preguntó el juez.
—Sí, señor... —respondió Gabriela.
—¿Es decir, que declara usted haber asesinado a su marido? —volvió a preguntar el juez.
—Señor... —respondió Gabriela—. ¡No quiero vivir más! Pero antes de morir quiero que me escuchen...

Mi amigo Zarco me miró, **como preguntándome**[123]: "¿Qué va a decir?".

Yo no lo sabía, pero tenía tanto miedo como él.

Gabriela suspiró y continuó hablando:

—Voy a **confesar**[124]. Aunque eso no me libre de la muerte.

Capítulo 16

La confesión

—Me casé **a la fuerza**[125] con un hombre al cual no amaba. Estuve tres años casada con él, sin amor, sin felicidad, resignada a mi desgracia. Hasta que un día conocí al verdadero amor de mi vida. Él **ignoraba**[126] mi situa-

---

123 **Como preguntándome:** La expresión *como* + gerundio se usa para indicar que algo se hace de la misma forma *(como)* que la acción señalada por el gerundio. Por ejemplo, *Juan hablaba como burlándose* significa 'como si se burlara'.
124 **Confesar:** Decir toda la verdad sin ocultar nada.
125 **A la fuerza:** Hacer algo sin que querer hacerlo, por obligación.
126 **Ignorar:** No saber, desconocer.

ción. Yo le dije que era viuda, porque sabía que nunca aceptaría una relación con una mujer casada. Era **honrado**[127], noble, **recto**[128] y justo. Yo me quedé embarazada y él quiso que nos casáramos inmediatamente. Yo no podía acceder, naturalmente, porque ya estaba casada, pero no se lo podía decir. Él **insistía**[129] y yo inventaba excusas para negarme a celebrar una boda. Empezó a creer que yo no lo amaba. No me quedó más remedio que tomar una decisión: matar a mi marido. Pero sufrí un castigo mayor: mi amante me abandonó. Hace poco hemos vuelto a encontrarnos. Ahora sólo deseo la muerte.

Zarco ordenó que se llevaran a la acusada. Gabriela me miró con ojos asustados, pero orgullosa. Mientras tanto, el corazón de Zarco sufría sin saber qué hacer. Por fin, ganó la batalla su honradez de **magistrado**[130]: Joaquín Zarco condenó a muerte a Gabriela Zahara.

Al día siguiente, Zarco se despidió de mí diciéndome:

—Espérame aquí hasta que yo vuelva. **Cuida de**[131] Gabriela, pero no la visites, porque se sentiría **humillada**[132]. No preguntes dónde voy. Adiós y perdóname, amigo mío.

127 **Honrado/-a:** Se dice de la persona que actúa correctamente, de acuerdo con la ley.
128 **Recto/-a:** Cuando se refiere al carácter de una persona, significa 'que no se deja influir, que es justo con los demás'.
129 **Insistir:** Pedir algo muchas veces con la intención de conseguirlo.
130 **Magistrado/-a:** Juez (ver nota 21).
131 **Cuidar de:** Esta construcción tiene el mismo significado que *cuidar a*.
132 **Humillado/-a:** Se dice de la persona que siente vergüenza por algo que ha hecho o que le han obligado a hacer. Esta palabra es el participio del verbo *humillar*.

Capítulo 17

La ejecución

Llegó la mañana de la **ejecución**[133]. Desde que se marchara, no había tenido noticias de Zarco.
Una **multitud**[134] se concentró a la puerta de la cárcel. Yo estaba entre ellos, en representación de mi amigo Zarco. Apareció Gabriela, pálida, **flaca**[135], sin fuerzas. Cuando pasó cerca de mí, le pregunté si necesitaba algo. Ella me miró y exclamó, agradecida:
—¡Gracias! ¡Gracias! Me **consuela**[136] usted en mi última hora. ¿Dónde está él?
—Está **ausente**[137].
—Dígale que me perdone, que lo amo. Mi amor por él es la causa de mi muerte.
Nos tuvimos que separar. Gabriela lloró y aún dijo:
—Dígale que muero **bendiciéndole**[138].
En esos momentos, entre el **gentío**[139], un hombre a caballo gritaba:
—¡Perdón! ¡Perdón!

133 **Ejecución:** Momento en el que se cumple el castigo ordenado por el juez. En el texto, la muerte de Gabriela.
134 **Multitud:** Muchas personas.
135 **Flaco/-a:** Muy delgado.
136 **Consolar:** Ayudar y dar apoyo a una persona en un momento triste.
137 **Ausente:** Que no está en un sitio concreto.
138 **Bendecir:** Alabar a alguien, reconocer su bondad.
139 **Gentío:** Gran cantidad de personas.

¡Era Zarco! Traía un papel en una mano y un pañuelo blanco en la otra. Gabriela, desde lo alto de la **grada**[140], miró intensamente a su amante hasta que perdió el conocimiento. Zarco había bajado de su caballo y empezaba a leer el documento que perdonaba la vida a Gabriela. Pero todo **fue en vano**[141]. Gabriela Zahara había muerto mientras escuchaba, cada vez más lejana, la voz de su amado.

140 **Grada:** Conjunto de escalones que se usa para sentarse una gran cantidad de personas.
141 **Fue en vano:** Expresión que significa que una acción no sirve para nada, que resulta inútil.

Capítulo 18

Moraleja[142]

Hoy Zarco vive en **La Habana**[143], trabajando como juez. Se ha casado y es feliz. Acaba de tener un hijo. Y Zarco sabe que ese hijo **disipará**[144] la **melancolía**[145] que a veces **oscurece**[146] su frente.

142 **Moraleja:** Consejo o enseñanza útil que se aprende a partir de un cuento o historia.
143 **La Habana:** Ciudad de la isla de Cuba.
144 **Disipar:** Hacer desaparecer.
145 **Melancolía:** Estado de tristeza.
146 **Oscurecer:** Hacer o poner oscuro. En el texto, este verbo tiene un sentido figurado y significa 'entristecer, poner triste'.

1 Elige la respuesta que consideres más oportuna en cada caso. Para realizar el ejercicio, lee el texto las veces que lo necesites.

1 La guardia civil llevó a Gabriela Zahara...
   a a la casa del juez Zarco.
   b a la cárcel del pueblo.
   c a una fonda.

2 En la audiencia esperaban al juez el comandante de la guardia civil...
   a el enterrador, el fiscal, el alcaide y otras personas.
   b el cura, otro juez y su mujer.
   c Gabriela Zahara, Blanca y don Alfonso Gutiérrez.

3 La mujer acusada de haber matado a su marido...
   a era la mujer del enterrador.
   b era Mercedes, amiga de Blanca.
   c era Gabriela, Blanca y Mercedes, pues las tres mujeres eran en realidad una sola.

4 Cuando Gabriela vio la calavera atravesada por un clavo...
   a se puso a reír como una loca.
   b se tiró al suelo y lloró.
   c dio un grito agudo, mortal.

5 Cuando el juez preguntó a Gabriela si reconocía el clavo, Gabriela contestó...
   a que sí.
   b que no.
   c no contestó nada.

6 Gabriela dijo en la audiencia que antes de morir...
   a quería casarse.
   b quería ver a su hijo.
   c quería que la escucharan.

2 Contesta correctamente a estas preguntas sobre la confesión de Gabriela Zahara. Vuelve a leer la tercera parte del relato si lo necesitas.

1 ¿Quién era el verdadero amor que conoció Gabriela Zahara?

2 ¿Qué inventaba Gabriela para no casarse con él?

3 ¿Qué empezó a creer Zarco cuando Gabriela se negaba a casarse con él?

4 ¿Qué decisión tuvo que tomar Gabriela?

5 Según Gabriela, ¿cuál fue el peor castigo para ella?

6 ¿Qué decisión tomó el juez Zarco respecto a Gabriela después de haberla escuchado?

3 En español, las oraciones temporales se pueden formar con *cuando* o con la construcción *al* + infinitivo. Transforma las siguientes oraciones siguiendo el modelo.

Ejemplo: *Cuando duermo, descanso.* ⇨ *Al dormir, descanso.*

1 Cuando salgas de casa, cierra la puerta.

2 Al comprar el pan, me dieron esta tarjeta.

3 Al hacer deporte, nos relajamos.

4 Cuando estudiáis mucho, os cansáis.

5 Cuando viajan, aprenden muchos idiomas.

6 Al cocinar, me ensucio las manos.

4 Lee estas oraciones y elige el tiempo verbal más adecuado en cada caso (futuro imperfecto o presente de subjuntivo).

1 Me parece que mañana vendrá / venga mi hermano.
2 Nos gusta que aprenderás / aprendas idiomas.
3 ¿Te parece bien que cantaremos / cantemos aquella canción?
4 No sé si Juan acabará / acabe los ejercicios hoy.
5 Es posible que lloverá / llueva hoy.
6 Yo creo que les gustará / guste mucho vuestro dibujo.

5 Busca en el listado del recuadro un antónimo (palabra que significa lo contrario) para cada una de las siguientes palabras. Si no conoces alguna, búscala en un diccionario.

> concentrarse • ausente • bendecir • perdonar
> oscurecer • melancolía • unir • condenar

1 Alegría: _____
2 Blanquear: _____
3 Acusar: _____
4 Maldecir: _____

5 Presente: _____
6 Disiparse: _____
7 Salvar: _____
8 Separar: _____

Soluciones

Parte 1: La bella y misteriosa desconocida

1 1 Era una noche oscura y tempetuosa.
2 Porque no había nadie en la diligencia.
3 Era una hermosa mujer, joven, elegante, pálida, sola y vestida de luto.
4 El amor le asusta.
5 Es un juez, íntimo amigo del narrador.
6 En una fonda de Sevilla.

2 verdaderas (☺): 2, 3, 6   falsas (☹): 1, 4, 5

3 1-e 2-h 3-a 4-g 5-b 6-c 7-f 8-d

4 1 Debes saludar a tus amigos.
2 No debes llegar tarde al trabajo.
3 Debemos jugar al parchís.
4 Debéis encontrar las maletas perdidas.
5 Andrés debe viajar a Londres.
6 Los niños deberán beber leche.

5 1 amar   2 hermosa   3 miedo   4 negocio   5 pálida   6 locura

6 1 tristeza, entristecer
2 juzgar, juzgado
3 enamorado, amorío
4 casadero, casamiento
5 campanario, campanilla
6 angustioso, angustiado

Parte 2: El espantoso crimen

1 verdaderas (☺): 2, 5, 6   falsas (☹): 1, 3, 4

2 1 una apoplejía; treinta y un años
2 propietario; población
3 esposa; temporada
4 asesinado; suicidara

3 1 Me contestó que era el más feliz de los hombres.
2 Le pregunté que quién era la mujer de la fonda.
3 Él me dijo que la mujer de la fonda era ella.
4 Yo dije que se refería a Gabriela Zahara.
5 Él exclamó que no, que se refería a Blanca.

4 1 Vimos a tu padre que trabajaba como jardinero.
2 Carmen usa pantalones que son negros.
3 Los niños juegan a la pelota que es de Víctor.
4 Mis compañeros cogieron el tren que iba a Bilbao.
5 Ana se ha comprado un vestido que es muy caro.

5 1 camiseta   2 lápiz   3 amor   4 Francia

6 1 difunto   2 alguacil   3 cruz   4 funeral   5 apoplejía   6 calavera

Parte 3: Juicio y sentencia

1 1-b   2-a   3-c   4-c   5-a   6-c

2 1 El juez Joaquín Zarco.
2 Se inventaba excusas.
3 Zarco creía que Gabriela no lo amaba.
4 Gabriela decidió matar a su marido.
5 El peor castigo para Gabriela era que su amante la abandonara.
6 Condenó a muerte a Gabriela Zahara.

3 1 Al salir de casa, cierra la puerta.
2 Cuando compré el pan, me dieron esta tarjeta.
3 Cuando hacemos deporte, nos relajamos.
4 Al estudiar mucho, os cansáis.
5 Al viajar, aprenden muchos idiomas.
6 Cuando cocino, me ensucio las manos.

4 1 vendrá   2 aprendas   3 cantemos   4 acabará   5 llueva   6 gustará

5 1 melancolía   2 oscurecer   3 perdonar   4 bendecir   5 ausente
6 concentrarse   7 condenar   8 unir